師大國文系專題研究小組製作

邱燮友 指導

詩葉新聲

東大圖書有限公司發行

ⓒ 詩葉新聲（錄音帶）

製作者　師大國文系專題研究小組
指導者　邱燮友
發行人　劉仲文
著作財產權人　東大圖書股份有限公司
發行所　東大圖書股份有限公司
　　　　地址／臺北市復興北路三八六號
　　　　郵撥／〇一〇七一七五─〇號
印刷所　東大圖書股份有限公司
總經銷　三民書局股份有限公司
門市部　復北店／臺北市復興北路三八六號
　　　　重南店／臺北市重慶南路一段六十一號
初版　中華民國六十七年十月
三版　中華民國八十三年八月
編　號　E 85002
基本定價　玖元柒角捌分

行政院新聞局登記證局版臺業字第〇一九七號

ISBN 957-19-1531-9 （平裝）

詩葉新聲序

邱燮友

　　詩歌是詩人的心聲，文學的精華，它包涵了意義性和音樂性二者，詩歌的意義性是「辭情」，音樂性是「聲情」，因此詩歌的原動力在於情感。

　　古人讀詩，往往發聲吟哦，進而抑揚諷誦，高吭嘯歌，以盡其情；故詩人寫就一首詩，自行吟誦，邊改邊吟，就如杜甫所說的：「新詩改罷猶長吟。」詩是需要透過唇吻的適會，才能達到搖蕩情靈的效果。我國以往的詩歌，大半與音樂結合，故詩可以誦，可以吟，可以絃，可以歌，可以舞，詩歌聯稱，詩樂合一，構成我國韻文，是以「音樂文學」為特色。

　　近人讀詩，由於生活方式的改變，在家中或圖書館中，往往採取閱讀的方式，不能高聲朗誦或延聲引曼，因此詩歌聲情之美，不易察覺，從靜默的閱讀，僅能體會詩歌辭情的部分，至於音韻之美，便不得領悟。我們有鑑於今人讀書方式的改變，缺乏書聲，於是提倡讀詩文，都要延聲詠誦，甚至引吭高歌，比照古人讀書做到目到、口到、手到、心到的方法，而對於詩歌，更需要做到口到和心到，才能切實體會詩歌的奧妙。我們繼「唐詩朗誦」之後，又製作了一套「詩葉新聲」錄音帶，希望能藉科技的設備，對今人詩歌的美讀或吟唱有所幫助，因而蔚成風氣，加以推廣，使詩聲得以延續，使詩教得以宏揚，以達沈潛諷誦、潛移默化之效。

　　「詩葉新聲」是以國中國文課本所選的韻文為限，作為朗誦吟唱的材料，其中包括詩、詞、曲、新詩等不同形式的韻文。儘管在形式

上有所變化，但卻涵蓋了我國古今以來詩歌的風貌和精華，其中所選的詩歌雖較平易，細細品讀，仍是歷代名家千錘百鍊的詩，並經國中國文編審委員會的專家學者，細心精選出來的千古傳誦的好詩。我們對每一首詩的處理，除了用最精要的報白外，並將原詩讀一遍，然後再朗誦或吟唱一遍，朗誦或徒誦的部分就不附曲譜，吟唱的部分都附有曲譜，以供愛好者同聲吟唱，甚至有幾首末了有樂器伴奏，讓您也開口吟哦，這是特別為您設計的，最後列有「說明」一項，再加以分析，便不列在錄音帶中。

師大國文系的師生，在李鍌主任的倡導下，我們組成了詩文美讀專題研究小組，利用課餘的時間加以訓練，首先製作了這一套「詩葉新聲」，其中有徒誦，有朗誦和吟唱，吟唱所使用的曲譜，有古譜，也有詩社常用的調子，有民間流傳的歌謠，以及近代曲；總之，在選調上，我們是經過細心的挑選，使辭情和聲情得以密切的配合。我們製作了這套朗誦錄音帶，定名為「詩葉新聲」；希望借這套錄音帶，對國中國文的韻文教學，作一次新的嘗試。同時，也為一般愛好我國新舊詩詞的朋友，提供聲情賞欣的新風貌。

我們承中國廣播公司的協助，以最新穎的設備，將我們數年來訓練的成果，製成兩小時雙聲道立體感的錄音帶，奉獻給國內外愛好詩歌的朋友。讓我們在此謹向中國廣播公司推廣部林澤萬、賀立時先生，李健美小姐，工程部張培展、廖運朋先生，致誠摯的謝意，並感謝金華國中，龍安國小的師生給予協助，同時也感謝東大圖書公司的支助出版，使「詩葉新聲」得以順利的問世。其中凡參與工作的師生，均列於目錄中，以備徵信。最後，尚祈方家雅士，不吝批評指教。

目　　次

序…………………………………… 邱燮友

第一卡帶（第一面）

一、夏夜……………………1　作者：楊　喚

旁白：李叔明

美讀：傅淑芳

朗誦：陳銀螢　申鴻藻

　　　章婉君　魏明亨

　　　高培凌

說明：蔡秀女

二、靜夜思……………………3　作者：李　白

旁白：李叔明

美讀：張英馨

吟唱：鍾紅柱　洪桂津

　　　曹麗淑　劉其玫

　　　徐　玲　蔡妙玲

　　　烏宜行

伴奏：何金明

說明：陳瑞炫

三、登鸛鵲樓……………………5　作者：王之渙

— 1 —

旁白：李叔明

美讀：張英聲

吟唱：鍾紅柱　洪桂津
　　　曹麗淑　劉其玫
　　　徐　玲　蔡妙玲
　　　烏宜行

伴奏：何金明

說明：陳瑞炫

四、塞下曲⋯⋯⋯⋯⋯⋯⋯7　作者：盧　綸

旁白：李叔明

美讀：何　清

吟唱：鍾洪柱　洪桂津
　　　曹麗淑　劉其玫
　　　徐　玲　蔡妙玲
　　　李念祖　烏宜行

伴奏：呂榮華

說明：陳瑞炫

五、送孟浩然之廣陵⋯⋯⋯⋯9　作者：李　白

旁白：李叔明

美讀：白繼尚

吟唱：鍾紅柱　洪桂津
　　　曹麗淑　劉其玫
　　　徐　玲　蔡妙玲

伴奏：何金明

說明：張英馨

六、楓橋夜泊⋯⋯⋯⋯⋯⋯11　作者：張　繼

旁白：李叔明

美讀：李念祖

吟唱：鍾紅柱　洪桂津

曹麗淑　劉其玖

徐　玲　蔡妙玲

烏宜行

伴奏：元偉芝　李明安

黃正宏

說明：張英馨

第一卡帶（第二面）

七、鵝鑾鼻⋯⋯⋯⋯⋯⋯⋯15　作者：余光中

旁白：李叔明

美讀：李念祖

朗誦：李念祖　張英馨

白繼尚　何　清

楊棨娘　徐　玲

李叔明　王增光

傅淑芳

說明：高素琴

八、鳥鳴磵⋯⋯⋯⋯⋯⋯⋯17　作者：王　維

旁白：李叔明

美讀：傅淑芳

吟唱：鍾紅柱　　洪桂津

　　　曹麗淑　　劉其玫

　　　徐　玲　　蔡妙玲

伴奏：元偉芝　　李明安

　　　黃正宏

說明：凃錦珠

九、鹿柴……………………… 19

作者：王　維

旁白：李叔明

美讀：傅淑芳

吟唱：鍾紅柱　　洪桂津

　　　曹麗淑　　劉其玫

　　　徐　玲　　蔡妙玲

伴奏：元偉芝　　李明安

說明：凃錦珠

十、從軍行……………………… 20

作者：王昌齡

旁白：李叔明

美讀：何　清

吟唱：鍾紅柱　　洪桂津

　　　曹麗淑　　劉其玫

　　　徐　玲　　蔡妙玲

伴奏：何金明

說明：李念祖

十一、後出塞……………………… 23

作者：杜　甫

旁白：李叔明

美讀：何　清

吟唱：鍾紅柱　洪桂津

　　　曹麗淑　劉其玫

　　　徐　玲　蔡妙玲

　　　李念祖　烏宜行

伴奏：呂榮華

說明：涂錦珠

十二、木蘭詩……………………25 作者：佚　名

旁白：李叔明

美讀：何　清

朗誦：何　清　李念祖

　　　張英馨　白繼尚

說明：陳燕貞

第二卡帶（第一面）

十三、過故人莊………………29 作者：孟浩然

旁白：李叔明

美讀：李念祖

吟唱：鍾紅柱　洪桂津

　　　曹麗淑　劉其玫

　　　徐　玲　蔡妙玲

伴奏：何金明

說明：林瓊綺

十四、聞軍官收河南河北……31　作者：杜　甫
　　　　　　　　　　　　　　旁白：李叔明
　　　　　　　　　　　　　　美讀：白繼尚
　　　　　　　　　　　　　　吟誦：邱燮友教授
　　　　　　　　　　　　　　說明：凃錦珠

十五、慈烏夜啼……………33　作者：白居易
　　　　　　　　　　　　　　旁白：李叔明
　　　　　　　　　　　　　　美讀：白繼尚
　　　　　　　　　　　　　　朗誦：白繼尚
　　　　　　　　　　　　　　吟唱：鍾紅柱　洪桂津
　　　　　　　　　　　　　　　　　曹麗淑　劉其玫
　　　　　　　　　　　　　　　　　徐　玲　蔡妙玲
　　　　　　　　　　　　　　伴奏：黃正宏
　　　　　　　　　　　　　　說明：（併入燕詩示劉叟）

十六、燕詩示劉叟…………34　作者：白居易
　　　　　　　　　　　　　　旁白：李叔明
　　　　　　　　　　　　　　美讀：張英聲
　　　　　　　　　　　　　　吟誦：王更生教授
　　　　　　　　　　　　　　說明：謝則治

十七、水稻之歌……………37　作者：羅　青
　　　　　　　　　　　　　　旁白：李淑明
　　　　　　　　　　　　　　美讀：傅淑芳
　　　　　　　　　　　　　　朗誦：陳銀螢　申鴻藻

— 6 —

高培凌　魏明亨

說明：白繼尚

十八、金門四詠……………… 38　作者：李孟泉

旁白：李叔明

美讀：白繼尚

朗誦：李念祖　張英聲

白繼尚　何　清

楊棻娘　徐　玲

李叔明　王增光

傅淑芳

說明：李念祖

十九、歸園田居……………… 40　作者：陶　潛

旁白：李叔明

美讀：李念祖

吟誦：邱燮友教授

伴奏：元偉芝

說明：李念祖

第二卡帶（第二面）

二十、詠荊軻……………… 43　作者：陶　潛

旁白：李叔明

美讀：何　清

吟誦：王更生教授

說明：李念祖

二十一、滿江紅‧‧‧‧‧‧‧‧‧‧‧‧‧‧44 作者：岳　飛

旁白：李叔明

美讀：何　清

吟唱：李念祖

伴奏：何佩華

說明：何梅蘭

二十二、西江月‧‧‧‧‧‧‧‧‧‧‧‧‧47 作者：辛棄疾

旁白：李叔明

美讀：張英聲

吟唱：鍾紅柱　洪桂津

　　　曹麗淑　徐　玲

伴奏：元偉芝　蘇啓寅

　　　何佩華

說明：何梅蘭

二十三、道情‧‧‧‧‧‧‧‧‧‧‧‧‧‧‧49 作者：鄭　燮

旁白：李叔明

美讀：白繼尚

吟唱：鍾紅柱　洪桂津

　　　曹麗淑　劉其玫

　　　徐　玲　蔡妙玲

伴奏：元偉芝　黃正宏

二十四、水仙子詠江南‧‧‧‧‧‧‧‧52 作者：張養浩

旁白：李叔明

美讀：張英聲

吟唱：陳燕貞

伴奏：黃正宏

說明：陳燕貞

二十五、梧葉兒 春日書所見 ……54　作者：張可久

旁白：李叔明

美讀：張英聲

吟唱：陳燕貞

伴奏：黃正宏

說明：陳燕貞

後記……………………………57　李念祖

詩 葉 新 聲

一國中國文詩詞曲新詩朗誦帶 C-120（雙聲道）

邱 燮 友 敎 授	指 導
師大國文系專題研究小組	製 作
師 範 大 學 國 文 系	監 製
中 國 廣 播 公 司	錄 製
東 大 圖 書 公 司	發 行

策　劃：李 念 祖

音樂指導：蔡 溎 洲

詩葉新聲

詩是濃縮的語言，精巧的構思，含有極高度情意的結晶。詩人慣用象徵、暗示的手法，表現心靈中優美的情韻和意境。

我國詩歌，一脈相承，從詩經、楚辭、古詩、樂府，到唐詩、宋詞、元曲、新詩，都有著輝煌的成就和貢獻，在在表現了我國「音樂文學」的特色。儘管歷代詩歌在形式上互有差異，但吟詠情性，宏揚詩教，以達「溫柔敦厚」的宗旨，卻是一致的。

「詩葉新聲」包括了各種詩體的精華，表現了中華詩學的成就，精深博大，絢麗輝煌。

夏　夜
第一冊　第三課

這是楊喚的作品。楊喚的一生，寂寞而孤獨，在人世間，只渡過二十五個年頭。這期間，充滿了坎坷與不幸，但他從不怨天尤人，反而對世人，尤其是兒童，有一分深厚的愛心。因而，在童話詩的王國裏，奠定了不朽的地位。現在且讓我們一齊走進這仲夏的夜晚、童話的世界。

　　蝴蝶和蜜蜂們帶著花朵的蜜糖回家了，

— 1 —

羊隊和牛羣告別了田野回家了，

火紅的太陽也滾著火輪子回家了，

當街燈亮起來向村莊道過晚安，

夜就輕輕地來了。

來了！來了！

從山坡上輕輕地爬下來了，

來了！來了！

從椰子樹梢上輕輕地爬下來了。

撒了滿天的珍珠和一枚又大又亮的銀幣。

朦朧地，山巒靜靜的睡了！

朦朧地，田野靜靜的睡了！

只有窗外瓜架上的南瓜還醒著，

伸長了藤蔓輕輕地往屋頂上爬。

只有綠色的小河還醒著，

低聲歌唱著溜過彎彎的小橋。

只有夜風還醒著，

從竹林裏跑出來，

跟著提燈的螢火蟲，

在美麗的夏夜裏愉快的旅行。

　　當大地慢慢地進入了夢鄉，黑夜的精靈們又開始了他們的聚會。在田野交響樂團的伴奏下，他們拉開了「夏夜」的序幕。

【說明】

　　作者：楊喚（一九三〇——一九五四），遼寧省興城縣人。民國

十九年生，小學畢業後，考取初級農業職業學校畜牧科。在這段期間，他已開始寫詩，並在學校編輯校刊及詩刊，並投稿於東北各報章雜誌，已成爲一位知名的詩人。卅六年畢業後，隨他的二伯父離開東北的故鄉，到了青島，先在青報社當校對，第二年升爲副刊編輯。不久，時局緊張，他到了廈門參加部隊，三十八年隨部隊來到臺灣。在四十三年三月七日，爲了趕早場的勞軍電影——安徒生傳，而被火車輾斃在臺北市西門町的平交道上，死時享年不滿二十五歲。

他的一生是寂寞而孤獨的，在襁褓中，便失去了母親，父親是一個從來不關心家務的人，繼母入門後，他的命運更加坎坷了，他沒有享到眞正的母愛，這正是造成他在兒童詩着力創作的原因。他喜愛兒童，他的童話詩充滿了美麗的想像，自然活潑的氣息。現實的種種灼傷，並沒有使他氣餒，他的詩清新自然，純眞熱情，富有積極創作的精神。

這首詩是描寫夏夜給人的溫暖、豐富和愉悅的感覺，爲了加強這種感覺，他把自然界的生物和景物都擬人化了，一切東西都跳動起來，溢滿活躍奔放的生命，美麗而和諧，在夜的世界裏，沒有紛爭，沒有冷酷，它所呈現的是無限的人情味，人生無窮盡的光明遠景。

靜 夜 思

第一册　第五課㈠

李白從小就喜愛月亮，他的作品中，描述月光的詩篇很多。這首「靜夜思」，便是其中的一首，寫出了客中遊子望月懷鄉的心情。

牀前明月光，

疑是地上霜。

舉頭望明月，

　　　低頭思故鄉。

　　午夜夢回，月色如霜，作客異鄉的遊子，滿懷惆悵，深宵不寐。
這片片的愁緒，在沉鬱傷感的胡琴聲中，絲絲縷縷的傳遍了靜靜長
夜。

靜　夜　思

【說明】

李白（七〇一——七六二），祖籍隴西成紀，生長在四川綿州。二十五歲以前，李白在四川過著讀書學劍的生活，二十五歲時認爲「大丈夫必有四方之志」，於是由三峽出遊，到過雲夢、洞庭、金陵、山東等地。在雲夢時結了婚，在山東時曾隱居過。四十二歲受唐玄宗之召，滿懷雄心到長安去，想施展他的政治抱負，但他的職位不過是個翰林院供奉，專寫些歌功頌德的文章供皇帝消遣罷了。於是他只好痛飲狂歌，再度流浪江湖。六十二歲那年，病死在安徽當塗。李白一生的經歷相當富有戲劇性，天賦又高，加上有豐富的情感和豪放的襟懷，所以他的詩也充滿了飄逸與才情，故有「詩仙」之稱。

在一個客旅的夜晚，午夜醒來，恍惚之間，發現牀前有一片潔白的月光，以爲下霜了。於是抬頭望月，意識到自己的孤獨，不禁黯然陷入鄉愁之中。李白愛月，在他的詩篇中，有不少詠月的詩，這首「靜夜思」，是最爲人所熟悉的一首。這首詩最大的特色：在於運用通俗的語言，表現深刻的情思，而思鄉的愁緒，遂洋溢在字裏行間。

登鸛鵲樓

第一冊　第五課㈡

登樓極目，憑欄望遠，北國詩人——王之渙壯闊雄渾的筆觸，非但渲洩出山河磅礴的氣勢，同時也襯托出鸛鵲樓「上出重霄，下臨無地」的雄偉壯觀。

白日依山盡，

黃河入海流。

欲窮千里目，

更上一層樓。

　　登高遠眺，千里江山勝景，盡收眼底。不禁使人意興湍飛，胸襟
為之豁然開朗。詩人覽物抒懷，遂使清越昂揚的詩聲琴韻，直衝霄
漢，響遏行雲。

登鸛鵲樓

【說明】

王之渙，唐代邊塞詩人。年輕時喜歡和豪俠之士在一起擊劍唱歌、飲酒作樂。到中年以後，才發奮讀書，詩文都有相當的造詣。他的詩，全唐詩中只保留了六首，但首首雋永，誦讀起來鏗鏘有聲，意境非常雄潤。

鸛鵲樓共有三層，前可瞻中條山，下可瞰大黃河，相傳鸛鵲常棲息其上，因而得名。這首詩前兩句是視覺意象的描寫，將眼前所見之景，寫入詩中，對仗工整。「白日依山盡」，表示時間；「黃河入海流」，表示空間，他把時空交疊在一起，造成浩渺無窮的詩境。那麼夕陽的西下，黃河的奔流，都強烈地激蕩詩人的心靈。因此引發「欲窮千里目，更上一層樓」的意念。這兩句也是對句，文意一貫相承，這種對仗，叫做「流水對」。而這兩句不僅是寫實，更蘊含了絃外之音，啓示我們人生的哲理，觸發我們多方面的聯想。

塞 下 曲

第一冊　第五課㈢

塞下曲，軍歌的一種。內容是描述邊塞景物和征夫戍卒的辛苦。這首詩在抒寫追奔逐北的功業背後，默默地透露出在勝利的微笑中，所隱藏的血淚和辛酸。

> 月黑雁飛高，
> 單于夜遁跳，
> 欲將〔註一〕輕騎逐，
> 大雪滿弓刀。

註一　欲將輕騎逐將字在詩律上宜讀平聲，即「平平平仄仄」的緣故。

夜空雁唳，雪地奔蹄，這強勁緊湊的節奏，在嘈嘈切切的琵琶催動下，確有廓靖宇內，直搗黃龍的氣概。

塞 下 曲

（宜蘭酒令）

【說明】

盧綸是唐代「大曆十才子」〔註二〕之一。他的詩，讀起來很有力量，很雄峻，而且富有曲折的情感，所以唐憲宗非常喜愛，還曾下令大臣去搜集他的詩稿。盧綸的塞下曲一共有六首，我們現在所讀的是其中的第三首。

註二　所謂「大曆十才子」，據新唐書文藝傳盧綸傳所言，十才子是盧綸、吉中孚、韓翃、錢起、司空曙、苗發、崔峒、耿湋、夏侯審和李端。

月黑天，戰場陰森淒涼，突然高空雁唳，這種懸疑的氣氛，烘托出沙塞間的景象，接著胡兵的潰敗，我軍的雄威，一敗一勝的情景，便充分表現出來。此外，詩中還暗示了音響的效果：如雁的驚叫，如遁逃時雜亂的馬蹄聲，尤其令人緊張。三、四兩句，筆勢一轉，我們看到行動敏捷的騎兵正想乘勝追擊。不料這時雪下大了，弓刀上沾滿了雪花。這首詩能引起我們的共鳴，不只在描述邊塞景物和邊疆將士的苦辛，進而表達出人們渴望安定、和平的願望。

送孟浩然之廣陵

第一册　第十五課㈠

　　李白風流倜儻，瀟灑不羣。這一首送孟浩然之廣陵，一反送別詩的舊調，詩中充滿了美麗的想像，流露出愜意闊遠的襟懷。

　　　　故人西辭黃鶴樓，
　　　　煙花三月下揚州。
　　　　孤帆遠影碧空〔註一〕盡，
　　　　惟見長江天際流。

　　詩中節奏輕快，個性爽朗，以笙和樂，確有一股悠揚高遠的情味。

註一　碧空，一作碧山。

送孟浩然之廣陵

D調　　　　　　　　　　　　　　　　　　　專題研究小組訂譜

故人　西辭　黃鶴　樓，　煙花　三月　下揚　州。　孤帆　遠影　碧空　盡，　唯見　長江　天際　流。

【說明】

　　李白是個曠代詩人，他的詩瀟灑不羣，冠冕百代，故有詩仙之稱。「送孟浩然之廣陵」一詩就充滿了惜別之情。雖然他們是在暮春分別，而「煙花三月」卻道出了一番絢爛繁榮的氣象，與其說是暗含惜別，還不如說帶有『手揮五弦、目送飛鴻』的閑適意味。

　　這首詩可說是送別詩的變調，一反沈鬱傷痛的情致，首二句卽明快活潑地描寫想像孟浩然到揚州的愜意，末了寫「孤帆遠影碧空盡」，表現出心緒仍寄放在高邈的遠方，至「惟見長江天際流」才轉到自己

的痴望，這份痴望固然有惜別的成分，但想來慨歎自己不能與老友同遊繁華的揚州的成分更大些，而由慨歎轉爲放遠遣逸的成分又大些，難怪惜別之意，還帶有『手揮五弦、目送飛鴻』的閑適意味。

楓橋夜泊

第一册　第十五課(二)

張繼的詩，傳世的不多，但這一首楓橋夜泊，卻是膾炙人口、傳誦古今的好詩。

> 月落烏啼霜滿天，
> 江楓漁火對愁眠。
> 姑蘇城外寒山寺，
> 夜半鐘聲到客船。

這一首詩，不但在形象和色彩上有極高明的表現，同時也捕捉了一種聲音上持續廻盪的美感，因此無論是舊調、新曲，都能適切地傳達出詩中的意境。

楓橋夜泊

郭芝宛 作曲

月 落 烏 啼 霜 滿 天，

江 楓 漁 火 對 愁 眠。

姑 蘇 城 外 寒 山 寺，

夜 半 鐘 聲 到 客 船。

【說明】

　　作者：張繼，字懿孫，襄州人，曾於天寶十二年登進士第。他的詩作並不多，大體說來，他的詩造境清麗、文句不俗，這首「楓橋夜泊」就是他傳世的代表作。

　　張繼，無疑是個對構形、著色極敏感的詩人，他善於運用形象和色彩，勾畫出鮮活而深刻的景象，這種景象又恰恰能烘托出客旅的愁緒。首兩句：用「月」、「烏」、「霜」塗抹出黑白為主的底色，尤以「霜滿天」渲染淒寒的白，已透出一片清冷的氣氛；接着點上「楓」、「火」等紅色，卻以「對愁眠」銜接，如此「楓」、「火」雖紅，只徒然襯托出黑白色調的寂寥愁苦罷了。

　　這首詩尤其讓人讚賞的，是他的表象清絕、靜絕，而那種遊子的愁緒竟濃郁無比地被壓縮在冷冷然的文字裏：「落」、「啼」、「滿」、「對」都是動詞，但因主詞是「月」、是「烏」、是「霜」、是「楓」、是「漁火」，因此將動作的發生牽制得相當緩慢而清幽；第三句雖是靜態的描寫，寒山寺與客船卻拉成了相當的空間，再用遙遠的鐘聲造成聲音的傳動，整首詩雖靜實動——萬物未寂、夜半時分人未靜，那種客旅不寐的清愁，便沉重而緩慢地，隨着鐘聲傳盪開來。

2

鵝　鑾　鼻

第二冊　第二課

　　余光中的作品，這首詩是用舖敍、寫實的手法，描述詩人登臨燈塔，引發出強烈的時代意念。氣魄浩瀚，情感眞摯。

> 我站在巍巍的燈塔尖頂，
> 俯臨著一片冷冷的蒼茫。
> 在我的面前無盡地翻滾，
> 整個太平洋洶湧的波浪，
> 一萬匹飄著白鬣的藍馬，
> 呼嘯著，疾奔過我的腳下，
> 這匹銜著那匹的尾巴，
> 直奔向冥冥、漠漠的天涯。
> 浩浩的天風從背後撲來，
> 將我的亂髮向前撕開；
> 我好像一隻待飛的巨鷹，
> 張翅要衝下浮晃的大海。
> 於是我也像崖頂的巨鷹，
> 俯視迷濛的八荒九垓；
> 向北看，北方是蒼鬱的森林；

向南看，南極是灰色的雲陣，

一堆一堆沉重的暮靄，

壓住浮動的海水，向西橫陳，

遮斷冬晚的落日、冬晚的星星，

遮斷渺渺的眺望，眺望崑崙──

蓦然，看，一片光從我的腳下

旋向四方，水面轟地照亮；

一聲歡呼，所有的海客與舟子、

所有魚龍，都欣然向臺灣仰望。

　　沸騰的鮮血，隨著萬道光芒，激射而出，在陰翳滿佈的彼岸，燃
燒成憤怒的天火；而巨鷹的呼嘯，正是熱血青年繼往開來，接受時代
考驗的承諾。

【說明】

　　作者：余光中，福建永春人，一九二八年生。臺灣大學外文系畢
業，美國愛奧華大學藝術碩士。是現代有名的詩人，曾為藍星詩社發
起人之一，主編「藍星詩頁」「現代文學」等。他的創作相當豐富，
已出版的詩集有舟子的悲歌、鐘乳石、天國的夜市……等多種，散論
有左手的繆思、掌中雨……等。

　　這首詩選自天國的夜市，作於民國四十二年十二月九日，後曾刪
修，此處依據他修改後的稿本。全詩雖以舖敍、寫實的手法描述，卻
蘊含複雜的象徵意義；旨以鵝鑾鼻地理位置的凸顯和燈塔的重要，暗
示臺灣正居於「燈塔」的樞紐地位，是自由世界光明和希望的象徵。
詩人由登臨燈塔而引發強烈深刻的時代意念──篇首從隱約的冷漠，
逐步加深對環境的體驗，因而感受「浩浩天風」的鼓舞力量，遂懷抱

高遠的理想，面對變動不息的大時代，並且由衷地關懷世人的苦難和世局的迷濛。然而將視線投向寰宇時，所見一片茫茫，渺無希望；最後，詩人終於發現「希望」來自腳下，來自他現在所站立的國土，所呼吸的海島；於是「轟地照亮」恰顯豁了深寓的主題。這首詩氣魄浩瀚，內心的感懷與大海的壯濶，交織成一首雄壯的樂曲，情感純正眞摯，極具特色。

鳥　鳴　礀

第二册　第五課㈠

作者王維以他細緻清雅的筆調，寫出了在春天夜晚的山中，他所聽到、所見到，以及所感覺到的一切。

> 人閒桂花落，
> 夜靜春山空。
> 月出驚山鳥，
> 時鳴春澗中。

在幽靜的春夜山中，鳴然的洞簫，響起了大自然熟睡的酣聲。精靈的鳥兒，撥動了箏絃，和著淙淙的流水，疏疏落落地跳躍在春澗之中。

鳥鳴磵

F調　　　　　　　　　　　　　　　　　　　福建流水調

人閑 桂花 落，　　　夜靜 春山 空。

月出 驚山 鳥，　　　時鳴春磵 中。

【說明】

　　唐朝的詩人中有些對於大自然的感受特別深刻，他們的詩，便以描繪田園山水的景色為主，本詩的作者王維便是這類詩人的代表。王維，字摩詰，早年中過進士，曾任尚書右丞，後來在輞川得到宋之問的藍田別墅，便經常與好友裴迪去尋幽訪勝，作詩相和。此外王維對於繪畫和音樂也有獨到之處。

　　大抵愈是平常愈是細微的景緻，愈容易為人所忽略，而有著閒適心境的詩人，卻往往在這種地方觸動他們的詩興，寫出動人的詩篇。

　　首先作者道出自己心中十分悠閑，甚至於連桂花的飄落，都不曾觸動他傷春的情懷，反而覺得夜裏的山，竟是這般寂靜空曠。夜裏的寧靜就在花落、月出、鳥驚、鳴磵中益發顯現，讓人不期然的想起動中有靜、靜中有動的情景；無疑的，鳥鳴和磵水聲會給春山平添幾許

熱鬧，只是不知不覺中，所有的音響都將遯入天籟中而不復聽見。

鹿　柴

第二冊　第五課(二)

黃昏，走入山中的小徑，日影西斜，暮色蒼茫；但聞風聲樵語，悠然飄渺……。

空山不見人，

但聞人語響。

返景入深林，

復照青苔上。

在寂靜的山林中，尋覓一縷空谷足音，那分閑適空靈的琤琮，正是田園詩人——王維的淡雅襟懷。

鹿　柴

【說明】

鹿柴是王維輞川別墅附近的一個地方，這兒大概是地處幽僻，所以杳無人踪，可是作者耳畔卻分明聽到人的說話聲，那聲音讓山林顯得空曠，而這空曠的山林，也令那聲音不斷的廻響，就在這時候，夕陽的餘暉穿過林間的枝葉，而照在難得見到陽光的青苔上。

人語，這是最尋常的聲音，可是在目之所視盡不見人的地方聽到，那份親切自不在話下，只是那聲音究竟發自何處呢？在這一驚一疑當中卽展開了尋尋覓覓，以至於意外的發現已是黃昏了！

青苔本是長在陰暗潮濕的地方，也許是重重密密的樹蔭遮擋著，以至於難得見到陽光，而此刻居然在尋覓人影的當兒，見到它沐浴在脈脈的斜輝中，透露出一片閑寂的禪趣。

王維最擅長於從這些小地方來表現自然的情趣，讓人感覺生機無處不有；同時，也隱約點出在面對這些景致時，他的心境是何等閑靜從容。

從 軍 行
第二冊　第五課㈢

王昌齡的作品。這首詩和塞下曲一樣，都是述說「軍旅辛苦之辭。」而就其形式看來，則可算作古體絕句。

> 青海長雲暗雪山，
> 孤城遙望玉門關。
> 黃沙百戰穿金甲，
> 不破樓蘭終不還。

大漠高天，平沙莽莽的寥廓景象，看在曉戰宵眠的戰士眼中，逐唱出了雄壯豪邁的出塞曲。

從軍行

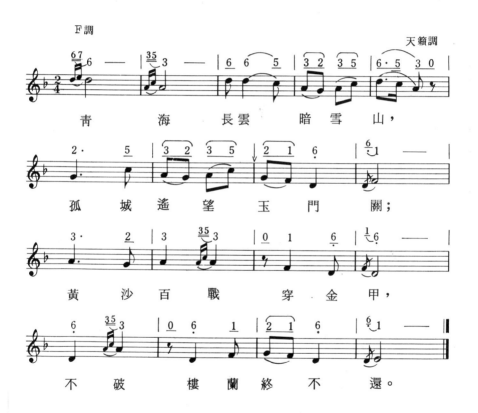

青海長雲暗雪山，
孤城遙望玉門關；
黃沙百戰穿金甲，
不破樓蘭終不還。

【說明】

王昌齡（西元六九八——七五七），字少伯，江寧人。（一說太

原人）開元十五年中進士，初任氾水尉，後遷校書郎。以不護細行，被貶爲龍標尉，所以世稱王龍標。後因世亂還鄉，爲刺史閭丘曉所殺。昌齡工詩，尤擅七言絕句，爲盛唐邊塞詩人之一，與王之渙、高適齊名。

從軍行一共有七首，這是其中的第四首，也是最爲人所熟悉的一首。全詩結構謹嚴，主題明朗，象徵的意義也非常豐富而明確。沒有艱澀冷僻的字眼，隱晦難懂的詞句，可以說是一首易懂易解的好詩。

首句「青海」、「長雲」、「雪山」，給人一種寥廓曠遠的感覺，爲下面的「玉門關」及「黃沙」伏下了空間的線索。而著一「暗」字，不但將「青海」、「長雲」、「雪山」連成一片陰翳的景象，也積蘊出將士們沈鬱的心境，透出一股凜冽的殺氣。接著鏡頭的焦點，從四周的荒遠凝聚在孤絕的獨城上，從而說出城中將士寂寥的心情。「遙望」包含了時空上雙重的意義，「玉門關」說出了此一企望的最低期盼。三句將思緒拉回現實，故鄉既是遙遠而不可及，於是結句一轉思鄉之情爲斬將搴旗、立功異域的壯闊豪情。

王昌齡的詩，除描寫邊塞景物及戰爭場面外，他也擅敍閨怨離別之情。我們所熟稔的閨怨〔註一〕一首，便是他的作品。沈德潛唐詩別裁集評道：「龍標絕句，深情幽怨，意旨微茫，令人測之無端，玩之無盡。」深情幽怨，玩之無盡是不錯的，若云意旨微茫，測之無端，則恐未盡其實。

註一　閨怨一詩如下——

「閨中少婦不知愁，春日凝妝上翠樓。

忽見陌頭楊柳色，悔教夫婿覓封侯。」

— 22 —

後 出 塞

第二冊　第十五課

　　提起唐朝，就令人不由得想起那是何等煊赫，何等光輝燦爛的朝代，可是，有誰透過這層表面的炫麗，體會出那些沙場上無名英雄的悲涼？杜甫的後出塞，便是描述一位士兵入營後的見聞和感受。

朝進東門營，暮上河陽橋。

落日照大旗，馬鳴風蕭蕭。

平沙列萬幕，部伍各見招。

中天懸明月，令嚴夜寂寥。

悲笳數聲動，壯士慘不驕。

借問大將誰，恐是霍嫖姚。

　　邊塞胡笳，凄厲悲壯；馬上琵琶，如泣如訴。笳聲數起，琵琶零亂，絃絃聲聲彈出了沙場上的凄涼哀傷！

後 出 塞

bＥ調　　　　　　　　　　　　　　專題研究小組訂譜

朝 進 東 門 營，　暮 上　河 陽 橋。

落 日 照 大 旗，　馬 鳴 風 蕭 蕭。

平沙 列 萬 幕，　部 伍 各 見 招。

中天　懸 明 月，　令 嚴 夜 寂 寥。

悲笳　數 聲 動，　壯 士 慘 不 驕。

借問　大 將 誰，　恐 是 霍 嫖 姚。

【說明】

　　杜甫的後出塞總共有五首，五首合起來，是一個整體，分開來也各自獨立成篇，本詩所選的便是其中第二首。杜甫（西元七一二～七七〇），字子美，唐朝襄陽人，早年就有大志，曾遍遊江南華北一帶，走過萬里路，也讀破萬卷書，很想有所作為，可是一直沒有遇合的機會，尤其是中年之後，由於連年戰禍，一再的顛沛流離，生活幾乎陷於困境。然而在這樣的情形下，詩人本著他悲天憫人的懷抱，將所目睹的社會實況，以溫柔敦厚的筆調寫出來，從他的詩，不僅可以看到安史之亂前後的種種現象，更可以體會出一位偉大詩人的心靈。所以杜甫被尊為「詩聖」，而他的詩，則冠以「詩史」的名稱。

　　在安祿山尚未叛變前，由於貪功，因而與哥舒翰大事徵兵，以攻打吐蕃、契丹；這首詩，便是借一位剛入伍的士兵的口吻寫出來的，順著時間的轉移，景物的變換，烘托出一團愈來愈凝重的氣氛，末了又強自化解。壯士起伏的思潮，在詩人的筆下澎湃著，悲壯的景色，在天地間展現著，這大大小小的交錯，不由得令人想起渺小的生命是多麼無依啊！

木 蘭 詩

第三冊　第二課

　　南北朝是中國歷史上文化交流與民族融合的大時代。木蘭詩就是此一時期的文學產物。詩中一反文人筆下對柔弱女子傳統典型的寫法，敍述一位勇敢的少女代父從軍的故事。

唧唧復唧唧，木蘭當戶織。

不聞機杼聲，惟聞女歎息。

問女何所思，問女何所憶。

「女亦無所思，女亦無所憶。

昨夜見軍帖，可汗大點兵；

軍書十二卷，卷卷有爺名。

阿爺無大兒，木蘭無長兄，

願爲市鞍馬，從此替爺征。」

東市買駿馬，西市買鞍韉，

南市買轡頭，北市買長鞭。

朝辭爺孃去，暮宿黃河邊；

不聞爺孃喚女聲，但聞黃河流水鳴濺濺。

旦辭黃河去，暮至黑山頭；

不聞爺孃喚女聲，但聞燕山胡騎聲啾啾。

萬里赴戎機，關山度若飛。

朔氣傳金柝，寒光照鐵衣。

將軍百戰死，壯士十年歸。

歸來見天子，天子坐明堂。

策勳十二轉，賞賜百千強。

可汗問所欲，「木蘭不用尚書郎，

願借明駝千里足，送兒還故鄉。」

爺孃聞女來，出郭相扶將。

阿姊聞妹來，當戶理紅妝。

小弟聞姊來，磨刀霍霍向豬羊。

開我東閣門，坐我西閣牀。

脫我戰時袍，著我舊時裳。

當窗理雲鬢，對鏡貼花黃。

出門看火伴，火伴皆驚惶：

「同行十二年，不知木蘭是女郎。」

雄兔腳撲朔，雌兔眼迷離。

兩兔傍地走，安能辨我是雄雌？

　　讀完了這首詩，我們不禁對一位巾幗英雄的英武風采，深深地發出了真誠的仰慕和由衷的敬佩。

【說明】

　　木蘭詩是我國有名的樂府詩，常與「孔雀東南飛」並稱，後者幽婉動人，是南方民歌文學的代表；前者活潑明朗，是北朝橫吹曲〔註一〕中的傑作。樂府詩的特色，在於質樸天真，自自然然地透出**一股**鮮活的生命力，讀木蘭詩，特別令人有一種剛健振奮的感覺，就是**這**個道理。

　　本詩以五言為主，雜以七言、九言，形式自由，用字淺近，語氣坦率，始於「木蘭當戶織」，終於「木蘭是女郎」。其間接帖、入軍、別親、鏖戰、歸朝、返鄉各段著墨雖有輕重，卻如湯湯黃河，長流直下，一口氣唸下來，淋漓暢快，字裏行間，**處處**寫一位靜如處子，動如脫兔的女郎，毅然替父從軍，立功而回，不受祿位，一意事

註一　南北朝時有所謂的「梁鼓角橫吹曲」，實即北方的歌謠。晉書樂志：「橫吹有鼓角，又有胡角，即胡樂也。」

親的故事。她能貼花黃，也能著鐵衣，敎人又敬又愛。全詩洋溢著一片親情、友情和手足之情，健全的道德意識，毫無痕跡地溶化在詩句之中。木蘭的人生充滿光明和諧，我們一接近她，立刻感到一股鼓舞向上的力量，這是上乘文學作品中所共有的特質。

　　木蘭詩作者不詳，可以視爲來自民間的集體創作，最初可能只是一個傳說；後來有人寫下來，經過長期的口頭傳唱，漸漸固定成爲今天我們所看到的木蘭詩。

3 （C-60 第二卡帶 第一面）

過　故　人　莊
第三冊　第十一課㈠

　　孟浩然的作品，是一首五言律詩，描寫田家生活的閒適。全詩氣氛淳樸親切，意境雋永，是田園詩派的代表作。

> 故人具雞黍，邀我至田家。
>
> 綠樹村邊合，青山郭外斜。
>
> 開軒面場圃，把酒話桑麻。
>
> 待到重陽日，還來就菊花。

　　笙是一種古樂器，它本身有完全四度、完全五度及完全八度的和聲〔註一〕，世界各國的管樂器，都望塵莫及。過故人莊的樸質悠閒，用笙來伴奏，確實吹出了農家生活的趣味。

過　故　人　莊

【說明】

作者孟浩然（西元六八九——七四〇），是盛唐時有名的大詩人，和王維齊名，人稱「王孟」，領導唐代詩壇田園山水一派。襄陽（今湖北省襄陽縣）人，故又有「孟襄陽」之稱。壯年時，舉進士不第，乃隱居於故鄉鹿門山，後再宦游京師，以「不才明主棄」一詩招玄宗嫌怨，終身不得意於仕途。他的詩風大抵清雋淡雅，尤長於五言詩，在傳世的二百六十多首作品中，七言及其他各體一共不到二十首，可以說是五言詩的大家。

本詩是屬於詩體中的五言律詩，以敘事的筆法描述過訪友人的經過，而著筆於田家閒適恬淡的生活情味，正是其田園詩中的雋永之作。

首二句備言過訪的原因，「具鷄黍」三字並見友人相招的懇切；三、四兩句寫行路所見之山水風光，乃承上「田家」兩字而來，「綠樹」、「靑山」色調清新，「村邊合」、「郭外斜」佈局參差有畫致；五、六兩句語勢一轉，寫會面之殷切和樂、趣味恬然；最後二句以相約後會之期作結，使全詩語盡而意不竭。短短八句，卻涵蓋了過訪的原因、經過及來日的期會。區區四十個字，寫來悠游不迫，雖以純粹白描的手法，卻不流於敘述的枯燥，雖然句句實寫，卻毫無質重之病，反而更能映襯出田家淳樸的風味。全詩沒有什麼美麗的辭藻，對仗自然，一無刻劃的痕跡，而意境閒遠，實乃詩中堪味之雋品。

註一　完全四度、完全五度、完全八度——兩音高度上的距離，叫做音程（Interval）。半音（Semitone）是音程最小的距離，用來計算音程內容的大小。由二度以上形成的音響，諧和度較高的，稱爲完全音程（Perfect interval）完全四度包含五個半音，完全五度包含七個半音，完全八度包含十二個半音，三者皆屬完全協和音程（協和音程——Consonant interval）。

聞官軍收河南河北

安史之亂，給太平已久的唐代老百姓，帶來離鄉背井，飽受戰禍的苦楚。在這種動盪不安的時候，忽然聽到故鄉光復了，那份欣喜，那份激動，我們看看詩人杜甫怎樣用筆墨來加以形容：

> 劍外忽傳收薊北，初聞涕淚滿衣裳。
> 却看妻子愁何在，漫卷詩書喜欲狂。
> 白日放歌須縱酒，青春作伴好還鄉。
> 即從巴峽穿巫峽，便下襄陽向洛陽。

顛沛流離的痛苦，收復失土的歡欣，這種強烈的感受，心情的起伏，使詩人低徊俯仰，吟誦嗟詠，遂成千古名篇。

聞官軍收河南河北

專題研究小組訂譜

劍外忽傳收薊北，　初聞涕淚滿衣裳。

卻看妻子愁何在，　漫卷詩書　喜欲狂。

白日　放歌須縱酒，　青春　作伴好還鄉。

即從　巴峽穿巫峽，　便下襄陽　向洛陽。

【說明】

　　這一首七言律詩節奏相當明朗輕快，可以感覺到作者的心是何等興奮！由喜極而泣，到喜欲狂，這裏含有多少的辛酸和期待？長年的

流寓外地，一旦聽到故鄉收復，那種恨不得馬上飛回去的心情，躍然紙上。末了兩句，四個地名一口氣貫下來，眞可以想見詩人急欲返鄉的迫切心情。

本來在戰亂的日子裏，卽使是大好春光，看在眼裏的，也無非是花濺淚、鳥驚心；縱使想解愁，酒也變成愁酒；縱使心頭鬱鬱壘壘，所歌，也無非是悲歌；現在戰亂平息，情不自禁的放歌縱酒，因爲家鄉就可以回去了！這些都是詩人在聽到這個令人驚喜欲狂的消息後，一連串想到的事，可是在當時他只有看看老妻，而不知如何是好，太突兀的消息往往令人手足無措，而杜甫以如此的筆法，來表現這種心境，繼而看到散放的詩稿、書卷，想起要回家鄉了，便草草收拾起來，而心中的快樂卻不言而喻。

慈 烏 夜 啼

第四冊　第二課㈠

白居易在渭水濱的舊宅服喪之時，每當夜闌人靜，慈烏悲啼，尤爲自己不及奉養雙親而涕淚盈襟。悲痛之餘，寫下了這首「慈烏夜啼」。

慈烏失其母，啞啞吐哀音，晝夜不飛去，經年守故林。夜夜夜半啼，聞者爲沾襟；聲中如告訴，未盡反哺心。百鳥豈無母，爾獨哀怨深？應是母慈重，使爾悲不任。

昔有吳起者，母歿喪不臨，嗟哉斯徒輩，其心不如禽！慈烏復慈烏，鳥中之曾參。

「樹欲靜而風不止，子欲養而親不待。」慈烏的哀鳴，引起了孝子心中的哀痛，更使詩人對世上不知報答親恩的子女，發出了由衷的勸諫。

燕 詩 示 劉 叟

第四冊　第二課(二)

這首詩是白居易為他的鄰居劉叟而作的 ， 詩中借物類以比喻人事，規勸世人要善盡孝道。

> 梁上有雙燕，翩翩雄與雌；銜泥兩椽間，一巢生四兒。四兒日夜長，索食聲孜孜，青蟲不易捕，黃口無飽期。嘴爪雖欲敝，心力不知疲。須臾十來往，猶恐巢中飢。辛勤三十日，母瘦雛漸肥，喃喃教言語，一一刷毛衣，一旦羽翼成，引上庭樹枝；舉翅不回顧，隨風四散飛。雌雄空中鳴，聲盡呼不歸，却入空巢裏，啁啾終夜悲。

> 燕燕爾勿悲，爾當反自思；思爾為雛日，高飛背母時。當時父母念，今日爾應知。

詩歌的功用之一，在透過表意的方法與優美的形式，達成教育社會的目的。這一首燕詩示劉叟，哀而不傷，淒而不厲，不但合乎溫柔敦厚的詩教，也傳達出詩人對世人的關愛。

慈烏夜啼

中國民歌

慈烏失其母，啞啞吐哀音。　晝夜

不飛去，經年守故林。　夜夜　夜半啼，聞

者爲沾襟。　聲中　如告訴，　未盡反哺

心。　百鳥豈無母，爾獨哀怨深。

應是　母慈重，　使爾悲不任。

昔有　吳起者，　母歿喪不臨。

嗟哉　斯徒輩，　其心不如禽。

慈烏　復慈烏，　鳥中之曾參。

【說明】

白居易（西元七七二——八四六），字樂天，其先太原人，後徙下邽（今陝西省渭南縣），爲下邽人。生於唐代宗大曆七年，武宗會昌六年，卒於洛陽，年七十五。

白居易幼年聰慧絕倫，家貧多故而刻苦好學，至於讀書抄寫，口舌成瘡，手肘成胝。十六歲時，以「賦得古原草——送別」〔註一〕一詩，得當時名詩人顧況的讚賞。德宗貞元十六年爲進士，一生官運亨通，累遷刑部尚書。

白居易文章精切，他的詩清新婉麗，平易動人，爲杜甫之後，中唐寫實主義的偉大詩人。他主張「文章合爲時而著，詩歌合爲事而作。」而反對只寫風花雪月，脫離現實，不關人倫日用的詩文。元和長慶間，和元稹提倡新樂府運動，世稱「元白」；後又與劉禹錫齊名，號「劉白」，著有「白氏長慶集」。

白居易將自己的詩分爲諷諭、閑適、感傷、雜律四類。慈烏夜啼與燕詩示劉叟都屬於諷諭詩。由這兩首詩，可看出他平易明暢的詩風。慈烏夜啼是他丁母憂居家時所作，由歌頌慈烏的孝心，轉而規勸世人重視孝道。燕詩示劉叟爲鄰居劉叟而作，由嘲諷忘恩負義的子女，轉而說明背棄父母養育之恩的報應。曾子說：「出乎爾，反乎爾」，皋魚說：「樹欲靜而風不止，子欲養而親不待」，孝子之志，人同此心乎？

註一　白居易「賦得古原草送別」——「離離原上草，一歲一枯榮。野火燒不盡，春風吹又生。遠芳侵古道，晴翠接荒城。又送王孫去，萋萋滿別情。」

— 36 —

水 稻 之 歌

第四冊　第七課㈠

　　這是羅青的作品。詩中作者運用高度的擬人手法，將自然界的事物，轉化成我們自己親身的經驗。於是水稻、白菜，便都活生生地出現在我們的眼前。

　　　　早晨一醒，就察覺滿臉盡是露水，
　　　　顆顆晶瑩透明，粒粒清涼爽身。
　　　　回頭看看住在隔壁的大白菜，
　　　　肥肥胖胖，相偎相依，一家子好夢正甜。

　　　　而遠處的溪水，却是羣剛出門的小牧童，
　　　　推擠跳鬧，趕著小魚穿過一座矮矮短短的獨木橋。

　　　　於是，我們也興高采烈地前後看齊，
　　　　把脚尖並攏，手臂高舉。

　　　　迎著和風，成體操隊形
　　　　散——開，
　　　　一散，就是
　　　　千里！

　　當東方晨曦初現，大白菜一家好夢還正甜的時候，我們看水稻們，是如何地開始了他們的晨間體操。

【說明】

— 37 —

作者羅青哲，筆名羅青，湖南省湘潭縣人。民國三十七年出生。私立輔仁大學英文系畢業，曾留學美國華盛頓大學，攻讀比較文學，現任教於輔仁大學。民國五十八年開始發表現代詩。民國六十一年詩集吃西瓜的方法出版，頗獲好評，另有羅青散文集，神州豪俠傳行世。

這首詩是用擬人格的手法寫成，詩中藉人們所習見的鄉村景物，賦予生命，使其活潑生動，趣味益然；尤其難能可貴的，其親切和樂的筆韻，尤能予人潛移就化的功效。使人們對大自然的一草一木，一動一靜，都能產生親切的關懷，等而推之，使人對於生命及生命本身所包羅的事物，皆能有所悅納。欣喜之餘，不禁對作者產生感謝之心，並期待作者能描繪出更可愛的大白菜，更俏皮的小牧童，來到我們的生活之中。

金 門 四 詠

第四冊　第七課(二)

金門，是自由世界反共的精神堡壘。登臨斯地，遙望神州，青山一髮，綿延無盡，這一水之涯，將在我們心裏掀起波瀾萬丈。

料羅灣：
一片滄海，
月照沙灘，
千古的浪潮，
沖蝕著
這荒島的夢幻。

太武山：

像一位孤獨的好漢，

披滿風塵，

眺望海洋；

他經歷了多少次興亡苦難，

他咀嚼了無數的寂寞辛酸。

古寧頭：

風雨悠悠，

隔海望神州，

一段雲山一段愁。

莒光樓：

壯麗輝煌，

千百個烈士的鮮血，

寫下了正義的史章，

那愛國的忠靈，

丹心不死，

看如今，佇立在前方，

仍然為苦難的國家，

朝夕守望。

從古寧頭到大膽島，我們拼死浴血，使共匪不敢越雷池一步。巍峨的太武山，壯麗的莒光樓，屹立在前方，一如寒夜的明燈，是千千萬萬苦難同胞的希望。

【說明】

— 39 —

這是從創世紀詩刊第二期裏所選錄出來的。作者，李孟泉，東北人，生平不詳。

這首詩在詠金門勝景，抒寫國人對神州故土的眷念，並激發起碧血丹心的愛國赤忱。全詩分四組，用比喻和象徵的手法，組成了這一首非常形象化的金門四詠。尤其他在用韻及對偶上，有特別著力的地方，很明顯的可以看出來自傳統舊詩的影響。

現代詩本不受任何格律所限制，他可以極度自由的發揮。然而在歐化式的語句過分充斥的今日，我們讀到這種看起來句法凝滯，卻又令人一唱三歎的詩句，心中眞是感到分外親切。而作者於此也深諳形式決定內容的奧妙，運用諧暢的節奏、優美的旋律、對偶的句法，造成廻環往復、連緜不斷的氣氛。他訴諸強烈的感性，而引發讀者內心的共鳴，使人讀之不禁吟誦再三。

歸 園 田 居
第四冊　第十三課㈠

晉安帝義熙元年，陶淵明辭去彭澤令，回到柴桑故居以後，過著寧靜恬適的農家生活。這一首「歸園田居」正是他歸隱後心境的寫照。

> 種豆南山下，草盛豆苗稀。
> 晨興理荒穢，帶月荷鋤歸。
> 道狹草木長，夕露沾我衣。
> 衣沾不足惜，但使願無違。

當明月初昇，大地籠罩上一片幽靜的清輝，扛著鋤頭，踩過沾滿夕露的草徑，一個踽踽獨行、歸向田園的詩人，是怎樣地吐露了他的

心聲。

【說明】

　　陶淵明（西元三七二——四二七），名潛，字元亮，潯陽柴桑（今江西省九江縣）人。生於東晉咸安二年，卒於宋元嘉四年。淵明雖然家世顯赫，但中道衰微，生活非常艱苦。為了衣食所資，先後做過祭酒、參軍，最後在彭澤令任上，不願為五斗米折腰，從此辭官歸隱，不再出仕。

　　陶淵明的人格光明峻潔，任真曠達。蘇東坡說他：「欲仕則仕，不以求之為嫌；欲隱則隱，不以去之為高。飢則扣門求食，飽則雞黍以迎客。」真是把他的形象塑活了。他的詩，也就是他人格所映照出來的一片清輝，有如夏夜清涼的荷香，令人滌盡塵想，而陶融在清新、靜謐的自然裏。

　　歸園田居共有六首，這是第三首。寫他歸隱後，躬耕隴畝的田園生活。字裏行間流露出詩人在超脫了現實的痛苦以後，心靈深處誠摯的意願。整首詩造語質樸，簡潔凝鍊。隨手拈來，便覺恬淡閒適，渾然天成。並不刻意經營裁度，卻又佳句雋永。他運用白描的手法，透過簡單的意象，表達象徵的意義。以非常口語化的文字，平實地記述他切身的體驗，卻是並不顯得淺俗；相反地，在在流露出一股淵深樸茂的情趣。

詠　荊　軻

第四冊　第十三課(二)

　　陶淵明的詩一向以恬淡閒適見稱，這一首詠荊軻卻是何等的沈雄悲壯；蒼鬱激動之情，躍然紙上。

> 燕丹善養士，志在報強嬴。
> 招集百夫良，歲暮得荊卿。
> 君子死知己，提劍出燕京。
> 素驥鳴廣陌，慷慨送我行。
> 雄髮指危冠，猛氣衝長纓。
> 飲餞易水上，四座列羣英。
> 漸離擊悲筑，宋意唱高聲。
> 蕭蕭哀風逝，淡淡寒波生。
> 商音更流涕，羽奏壯士驚。
> 心知去不歸，且有後世名。
> 登車何時顧，飛蓋入秦廷。
> 凌厲越萬里，逶迤過千城。
> 圖窮事自至，豪主正怔營。
> 惜哉劍術疎，奇功遂不成。
> 其人雖已沒，千載有餘情。

北國悲風，易水波寒，這「烈士暮年，壯心不已」的情懷，教人怎不為之涕泗縱橫，感慨不已！

【說明】

說陶淵明是田園詩人，不錯，他的詩正像是播種在溫潤的泥土中的禾秧，閃耀著一片欣欣向榮的新綠。但是生命是奇妙而不可思議的，包含著許許多多的矛盾和極為複雜的情感。他流露出的光輝，就像是急瀑千丈上，陽光所搭建的七彩虹橋，瑞靄橫空，光輝奪目。陶淵明他接受了儒家持己嚴正和憂勤自任的精神，也追慕老莊清靜自然的旨趣。極富遊俠的肝膽，也有神仙的風骨，更點染了佛家的空觀、慈愛與同情。他激情盈胸，孤憤滿懷，卻又表現得如此謙順、如此厚婉。那樣一位悠閒自得的老人，也會含著滿眶的淚水，寫出「雄髮指危冠，猛氣衝長纓」的句子。生命是很難解釋的，對嗎？

這首詩氣勢磅礴，筆力萬鈞。哀風蕭蕭，寒波淡淡，擊筑高歌，商音摧淚，渲染成一股悲壯的氣氛，襯托出荊軻提劍出京，激昂慷慨的神情。易水送別，飛蓋入秦，頃刻千里，有死無生，這等酣暢淋漓，義無反顧的神態，豈非就是詩人心靈深處的吶喊，末尾四句，蕭瑟蒼涼，充滿了對命運的無奈。這種壯志未酬、死不瞑目的歎恨，是荊軻，也是淵明。

文以氣勝，詩以意高，而尼采嘗說：「一切文學，吾獨愛以血書者。」也就是這首詩的寫照。

滿 江 紅
第五冊 第七課㈠

滿江紅，是宋代抗金名將岳飛的作品。字字熱血沸騰，句句愛國

— 44 —

忠君，充分表現出志在光復故土的壯懷雄心。

怒髮衝冠，憑欄處，瀟瀟雨歇。擡望眼，仰天長嘯，壯懷激烈。三十功名塵與土，八千里路雲和月。莫等閒，白了少年頭，空悲切！ 靖康恥，猶未雪；臣子恨，何時滅？駕長車踏破賀蘭山缺。壯志飢餐胡虜肉 ，笑談渴飲匈奴血 。 待從頭，收拾舊山河，朝天闕。

磊落不平之氣，激昂慷慨之情，奔動在沉鬱豪壯的琴鍵上，填填然有氣吞河嶽的聲勢。

滿 江 紅

F調　　　　　　　　　　　　　　　　顧一樵訂譜（姜夔淒涼犯）

怒髮衝冠　憑欄處，瀟瀟雨歇。抬望眼，

仰天長嘯，壯懷激烈。　三十功名

塵與土，八千里路雲和月。　莫等閒，

白了少年頭，空悲切。　靖康恥猶

未雪，臣子恨，何時滅。駕長車，踏破賀

蘭山缺。　壯志飢餐胡虜肉，笑談渴飲匈奴

血。待從頭，收拾舊山河，朝天闕。

【說明】

岳飛（西元一一〇三——一一四一），字鵬舉，宋相州湯陰（今河南省湯陰縣）人。家貧力學，文武全才，是南宋名將，金人謂「撼山易，撼岳家軍難」。忠君愛國，一生志在北上收復失土，卻遭主和派奸相秦檜陷害，致壯志未酬，死時卅九歲。諡武穆，又改諡忠武。

南宋自靖康之難，徽欽二帝被虜後，忠志之士眼見山河破碎，人民苦痛，國勢危急而權奸當政，莫不義憤填膺，慷慨悲歌。岳飛投身戎馬，欲挽國危，匡舊土，自然在詞中發出慷慨激昂的呼聲。

這首詞，岳飛寫孤憤之情，在瀟瀟雨後，獨自憑欄，放眼江山盡為胡人所盤據，不禁壯懷難抑而怒髮衝冠。於是唱出這首名傳千古的滿江紅。

西 江 月

第五冊　第七課(二)

這首西江月是辛棄疾閑居帶湖時，夜行黃沙嶺所作。詞中寫出了夜行所見所感的鄉野恬靜景象，也反映出作者夜行時閒適的心境。

> 明月別枝驚鵲，清風半夜鳴蟬。稻花香裏說豐年，聽取蛙聲一片。　七八個星天外，兩三點雨山前。舊時茆店社林邊，路轉溪橋忽現。

稼軒詞雖以豪放雄渾著稱，但也不乏婉約柔美的作品。其言情寫景，每多佳作；嬉笑怒罵，皆成文章，在在都表現出過人的才情與不同的風格。這首西江月，清新雋永，聞之不禁令人盡滌塵想。

西 江 月

　　辛棄疾（西元一一四〇——一二〇七），字幼安，號稼軒居士。宋歷城（今山東省濟南市）人。少時留金，歸南宋後卻未得重用，常有壯志難伸之慨。生性豪爽，重氣節。詞風以雄奇高潔為主，時露國家民族之思。他的詞共六百多首，題材意境，皆甚廣泛，與一般詞家專意於翦紅刻翠、傷春悲秋的情調迥異。與蘇軾並稱為「蘇辛」。

　　辛棄疾雖被稱為「愛國詞人」，然而在憤激豪壯之外，仍有他細密閑澹的一面。這首西江月表現的正是他另一種悠閑恬適的心態。

　　一個靜極的夜，稻花飄香，而皎潔的月色更是輕輕柔柔地灑了下來。旅人滿心感激地享受這寧靜的月夜。可是，忽聽得鵲啼、蟬鳴、蛙叫，此起彼落，協奏起來，原來鵲兒錯將明月當晨曦，蟬兒也被清風拂醒了，而稻田中更是蛙鼓雷鳴，像似慶賀着即將來到豐收季節。這時，黎明已近，只剩幾顆小星疏佈在天邊，山前還下了一陣小雨。旅人不急不慌地行進，走過了溪橋，一瞥眼，期待中的茅草店就在土地廟附近的樹林邊，旅人不禁又一陣喜悅湧上心頭，步伐也更為輕快了。

道　　情
第五冊　第十八課

　　這是由鄭燮十首道情中選出的第一首與第二首。第一首寫漁父安分閑適，垂釣自樂的情懷。第二首描繪樵夫無意名利，放曠自得的樂趣。

（一）

老漁翁，一釣竿，靠山崖，傍水灣；扁舟來往無牽絆。沙鷗點點清波遠，荻港蕭蕭白晝寒，高歌一曲斜陽晚。一霎時波搖金影，驀擡頭月上東山。

（二）

老樵夫，自砍柴，細青松，夾綠槐，茫茫野草秋山外。豐碑是處成荒塚，華表千尋臥碧苔，墳前石馬磨刀壞。倒不如閒錢沽酒，醉醺醺山徑歸來。

漁樵生涯，每多自在悠閑之趣。傍晚山徑歸來，水湄放歌，吟嘯明月，清風滿懷，這盎然詩意，更有何事能比。

道 情

【說明】

鄭燮（西元一六九三——一七六五），字克柔，號板橋，清江蘇省興化縣人。乾隆進士，曾任范縣、濰縣知縣，有惠政，後退隱。為人亢直，不畏權勢，豪放不羈，有狂士之名。工詩書畫，詩真率自然，所繪蘭竹甚精妙，而書法奇突，自成一家。其家書忠厚懇摯，尤為名篇。「三絕詩書畫，一官歸去來」為他一生最佳的寫照。

「道情」原是道士化緣時所唱的歌。鄭燮既自號「板橋道人」，也譜了十首道情。他自稱「無非喚醒痴聾，銷除煩惱」，這種歌，既可自我消遣，也可用來醒覺世人。這兩首道情正含有自遣和覺世的作用。

一釣竿、一扁舟、一個意態悠閑的漁父，構成一幅無牽絆、悠游自在的畫面。看，遠處點點沙鷗正愉悅地飛掠清波，秋風江上，蘆荻港邊，在白晝也帶著蕭蕭寒意。高歌一曲，暮色竟悄然來臨，霎時金波漾蕩，再抬頭，月已驀然東上。（第一首）

門前萬叠雲山，山外野草茫茫，且閒砍些青松綠槐吧！古今將相今何在？都荒塚一堆草掩了。卽令豐碑、華表、石馬，又能代表些什麼意義呢？（第二首）

水 仙 子 詠江南
第六冊 第九課㈠

江南的景致，在印象中，總是那麼柔媚醉人。元人張養浩，歸隱田園之後，來到秦淮河畔的揚州城，也不知不覺地沈醉在那一片山光水色之中了。

一江煙水照晴嵐，兩岸人家接畫簷。菱荷叢一段秋光淡，看沙鷗舞再三。捲香風，十里珠簾。畫船兒天邊至，酒旗兒風外颭。愛殺江南。

元曲實際上的唱法，今天雖已不復得知。然而我們根據九宮大成譜的記載，用崑腔來唱，清音宛轉，迭換巧掇，自具特殊的韻味，也不失「玉樹臨風」〔註一〕的本色。

水 仙 子

註一　太和正音譜評張養浩云：「玉樹臨風。」

【說明】

水仙子是一首散曲的小令，共八句，七韻。大抵一、二兩句，六、七兩句必須對仗。張養浩徧寫秦淮風光，從「一江煙水」、「兩岸人家」、「一段秋光」、「鷗舞再三」到「十里珠簾」，緩緩道來，如數家珍，靜態與動態的景物交織成一片醉人的畫面，數目字一再出現，使得這首短短的小令，擴大了包容力，卻不顯得瑣碎沈重。他的散曲素以淺近質樸著稱，可是面對江南景色，卽使在淡淡的秋光裏，也能感受到一種柔媚的情趣。筆下自然，就會流露出清麗恬美的色彩。

張養浩，字希孟，號雲莊，爲官時曾遭人忌，深感仕途的險惡，一旦接近純美和煦的自然，逡毫不猶疑地投進它的懷抱。所以水仙子前七句，多是無我之境，結以「愛殺江南」，原本清描淡寫的句子，頓時產生一片激情。其實他又豈僅是著意於江南的香風畫船呢？他愛慕的是江南恬和無心的自然罷了。

梧 葉 兒　　春日書所見

第六冊　第九課(二)

古來寫閨怨的作品很多，往往雕刻哀情，怨極而傷，而張可久在梧葉兒這支曲牌中，描寫閨怨，卻只淡淡地附上一句「春日書所見」，寫下了這篇不留痕跡而情致極深的佳作。

薔薇徑，芍藥闌。鶯燕語間關。小雨紅芳綻，新晴紫陌乾，日長繡窗閒。人立秋千畫板。

元人散曲之富，無有過於小山者。在他七百多首小令中，舉凡寫景、道情、送別、談禪、詠物、贈答之作，皆以騷雅蘊藉為最高境界，形成他獨特的清麗華美的風格，而為元曲中的翹楚。

梧 葉 兒

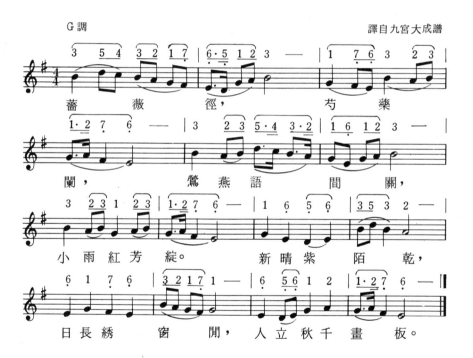

G調　　　　　　　　　　　　　　　　　　　　　譯自九宮大成譜

【說明】

張可久善寫景，梧葉兒這首曲子，從表面上看，他只是若無其事地寫寫小園春光；然而我們再進一步探討其中的象徵意義，就更能體

— 55 —

會出原來一片熱鬧聲光，卻隱藏著一絲絲寂寞的情懷。我們彷彿看到悄無人聲的庭院中，有一個孤單的人影，走過薔薇徑，倚遍芍藥闌，細聽鶯燕啁啾，看著紅花開了，最後默然站在秋千架旁，儘管他知道百花盛開，羣鳥爭鳴，春天已經來了，然而在心靈中，春天卻十分遙遠。她只覺得日子總是那麼漫長，情緒永遠那麼晴雨不定，閒散慵懶，甚至到了秋千架下，都不想蕩秋千！面對着淡淡的春光，怎能不使人凝想呢？

張可久，字小山，是元代散曲後期最重要的作家，寫過七百多首小令，作品豐富，影響深遠，散曲到了他，正式取得正統文學的地位。他生性喜愛遊山玩水，所以寫景的作品特別多，然而寫景能情景交融，託意言外，才是他真正高明的地方。

結　　語

詩歌朗誦是「聲音的藝術」，吟哦諷誦，以求音韻的完美，抒興遣懷，以達心靈世界的開拓。我們謹以「詩葉新聲」，獻給愛好詩歌的朋友，共同負起發揚中華文化的責任。謝謝您的聆賞，歡迎批評、指教。

中華民國六十七年九月錄製

後　記

李念祖

　　從籌劃、撰稿、集訓、錄製，至於出版，經過了五個月的時間，投入了無數的心血，當初基於復興文化獻身教育的理想之下，所組成的專題研究小組，如今終於不負使命，完成了我們的工作——葉詩新聲。

　　我們一直希望能藉著優美的詩聲琴韻，為中學的國文教學帶來一番嶄新的面貌，並在教育的根本上，端正社會風氣，以達宏揚詩教、復興文化為目的。當我們提出了「國中國文詩、詞、曲、新詩朗誦帶」的計劃，立刻獲得了系主任李鍌老師的熱烈支持，於是在邱燮友老師的領導之下，我們開始了一項艱苦的行程。

　　說明的文稿很快地完成了，參與朗誦、吟唱的同學，也大致確定，經由黃慶萱老師的協助，接洽好在中國廣播公司錄製，至此大致佈署就序，接下來就是整個製作過程中最棘手的工作—集訓，此一階段最感困擾的就是時間的調配，錯開了考試，以及許多特殊的原因，我們利用了每一個可能的課外時間，共同的研究朗誦和吟唱的方法，新詩的部分，由白繼尚同學總其成，除了小組的同學，還借調了龍安國小和金華國中的學生，按照我們的構想重頭訓練直到邱老師感到滿意之後，最早一批進了錄音室。古詩詞的部份，吟唱的調子雖不無所本，但卻並非一成不變，烏宜行同學在這一方面展露了他的才華，練習期間，重點式地請伴奏的同學和音樂指導蔡溧洲同學，以及邱老師作完整的演練和最後的修正，斷斷續續地分好幾個梯次錄音，並蒙王更生老師、黃慶萱老師蒞臨現場助陣指導。元曲的部分先請賴橋本老師翻譯九宮大成譜，由陳燕眞同學吟唱，成就不凡，令人激賞。

除此之外，所有記譜、配樂、編曲、指揮的工作，蔡濚洲同學表現了極高深的音樂造詣，他是幕後的功臣，不是他全力幫忙，詩葉新聲不可能有今天的水準，我們的每一項進度，邱老師始終督促不懈，適時的指導，使我們茅塞頓開，名師的風範，使所有參與工作的同學都欽仰不已。

　　每當我們進錄音室的時候，日頭尚烈，出來時已是夜晚，每一位同學工作時態度的認眞，情感的融洽，大學四年尚不易見。

　　從開學不久後開始計劃、執行、犧牲了暑假的活動，大家專心戮力於此，如今總算有了成果。當我們咬緊牙關、辛勤耕耘的時候，卻意外的發現，這裏頭多采多姿的一面，汗水與微笑的交融，是大學生活中最令人感到興奮，最令人感到難忘的事。